LIBELLULE

Libellula, chi ti diè questo nome?
Chi scelse la successione musicale delle labiali,
li-bel-lu-la,
come note uscite dai tasti di un pianoforte?
Due grandi e colorate ali trasparenti, tremule e trepide, quelle sei tu.
E tanto alata sei che quando sorvoli le acque stagnanti e l'erbe dei prati
di te solo le ali si vedono, velate veline di seta lucente.
A volte ti fermi nell'aria, tu, senza peso e imponderabile, leggera aligera.

Se lieve sulla pista di ghiaccio io vedo una fanciulla
che forma aeree figure danzanti, e sicura volteggia, salta, si leva e atterra,
è a te che penso, a te paragono la sua leggerezza.
"Come una libellula"
vuol dire una controllata eleganza in una liberata energia.

E controllata eleganza e liberata energia, come la tua, cerca nelle sue frasi
lo scrittore mentre vola la sua fantasia
e a volte si ferma – come fai tu – e a volte arretra – come fai tu –,
sospeso anche lui e oscillante, accampato a mezz'aria.
Libellula, bella libellula, dai a lui le tue ali.

RAFFAELE LA CAPRIA

Chiara Gamberale

L'AMORE QUANDO C'ERA

MONDADORI

L'amore quando c'era, qui proposto nella sua forma più ampia e definitiva, è stato pubblicato in una prima stesura in allegato al "Corriere della Sera" nella collana "Inediti d'autore".

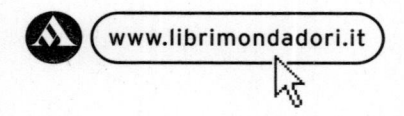

www.librimondadori.it

L'amore quando c'era
di Chiara Gamberale
Collezione Libellule

ISBN 978-88-04-61783-9

© 2012 Arnoldo Mondadori Editore S.p.A., Milano
I edizione gennaio 2012

L'AMORE QUANDO C'ERA

*Per Daniela e Luigi,
l'amore quando c'è.*

Io sono quasi sempre triste, anche senza motivo e per questo spesso credo che la vita non ha proprio nessun senso, scrive Patrizia detta Izia, sul suo foglio protocollo. Poi si ferma, succhia il cappuccio della biro. Che tema assurdo da fare ci ha dato oggi la professoressa Grimaldi, pensa. La guarda, seduta in cattedra, che fa girare gli occhi per la classe e sorride, con tutta la faccia: beata lei. È grande e dunque sempre convinta di quello che dice come chi ha già tutte le risposte, giuste. Izia sente di non avere ancora nemmeno le domande, giuste. Ma continua: *però quando mi piace qualcuno sto un po' meno triste, sopra a tutto se pure a lui gli piaccio io*, scrive.

> Da: ama.grimaldi@hotmail.it
> Data: 12-ott-2010 19:34
> A: tommaso_pannella@tin.it
> Oggetto: un abbraccio

Giusto così.
Perché ho saputo di tuo padre.
Mi dispiace tanto, tanto tanto.
Un abbraccio a te, uno a tua madre, uno a Giovanna.
Un altro a te,
Amanda

> Da: tommaso_pannella@tin.it
> Data: 16-ott-2010 00:04
> A: ama.grimaldi@hotmail.it
> Oggetto: Re: un abbraccio

Amanda. Ma pensa. «Fra tutte le decerebrate che mi hai portato a casa, lo sai che quella è sempre stata la mia preferita?» mi ha detto mio padre, proprio quest'estate, in ospedale. Per fortuna il tumore ha fatto prestissimo: lui non vedeva l'ora di andarsene. È stata l'unica cosa che è riuscito a fare senza dare nell'occhio. Dolcemente, direi.

Non sarebbe male per nessuno vivere ottantadue anni come li ha vissuti lui e morire così.

Certo, ci ha lasciato in eredità dei casini che non sai. Ma almeno stavolta non impazzirà d'agitazione alla sola idea di affidare a noi qualcosa da sistemare.

Mia madre invece, purtroppo, non si rassegna. Sono stato da lei in campagna fino a ieri, con i bambini, ma nemmeno i nipoti riescono a distrarla dal dolore che ha, o dal «bisogno di stare male che ha – che forse, chissà, a guardarlo bene è comunque una forma infame di dolore» (Amanda a me, passeggiando per viale Europa, a proposito di mia madre, 1989 o 1990 – comunque giù di lì).

Mia sorella è rimasta da lei, ma la prossima settimana dovrà ripartire per New York: tre mesi fa, in uno dei suoi viaggi senza perché, il perché s'è ribellato e le ha fatto conoscere un certo Ken o Kenny, quello che è. L'ha sposato e pare felice.

Un abbraccio a te, spero ti vada tutto alla grande,
Tommaso

> Da: ama.grimaldi@hotmail.it
> Data: 16-ott-2010 02:31
> A: tommaso_pannella@tin.it
> Oggetto: Sicuramente è Ken

Sicuramente è Ken.
Non so, non ce la vedo Giovanna con un Kenny.
Pensieri e ancora un abbraccio per tutti e tre. (Che poi domani dovrebbe essere domani, se non sbaglio: e allora a te pensieri, un abbraccio e tanti, tanti auguri.)
Amanda

> Da: tommaso_pannella@tin.it
> Data: 16-ott-2010 13:45
> A: ama.grimaldi@hotmail.it
> Oggetto: Re: Sicuramente è Ken

"Se non sbaglio." Come se la collezionista di date più scrupolosa che sia mai esistita possa sbagliarsi. Grazie. Saranno trentanove, ma di fatto entro nel tunnel dei quaranta,
Tommaso

> Da: ama.grimaldi@hotmail.it
> Data: 17-ott-2010 07:21
> A: tommaso_pannella@tin.it
> Oggetto: Buon compleanno

Non ci crederai, ma comincio a perdere colpi. Solo ora per esempio mi ricordo che l'altroieri è stato l'anniversario di matrimonio dei miei, porca miseria.
Invece continuo a non dimenticare mai un consiglio. Me l'ha dato proprio tuo padre, quando sono uscite le materie per la maturità e non ce n'era una che facesse per me. Se non puoi uscire da un tunnel, arredalo. Ha detto.
Buon compleanno,
Amanda

> Da: ama.grimaldi@hotmail.it
> Data: 20-ott-2010 03:54
> A: tommaso_pannella@tin.it
> Oggetto: AMANDA

Scusa.
Scusa e scusa e scusa. Lo so che non è il momento, lo so, lo so, ti giuro che lo so.
Però. Però, però: Tommaso!
Non ci vediamo da dodici anni. Dodici! Non ci sentiamo da dieci e mezzo (te lo ricordi, te lo ricordi vero?, il mio squallido tentativo di venire ad assistere alla tua prima causa, io che te lo chiedo e tu che mi rispondi se ti fai vedere in tribunale non ci vado io, fai un po' te?).
Le risposte che aspettavo alla mia mail erano due:
1) Grazie. Ciao.
2) Amanda! Amanda? Amanda. Non mi dire! Fra tutte le decerebrate che mi hai portato a casa, lo sai che quella è sempre stata la mia preferita?, mi ha detto mio padre, quest'estate, quando sono andato a trovarlo in ospedale. E tu, TU, Amanda, come

stai? Non sai che cosa mi è successo in questi dodici anni barra dieci: dunque, tanto per cominciare bla bla, e poi bla bla, come se non mancasse altro bla bla bla e bla. E poi ti ricordi che cosa mi avevi detto un giorno, passeggiando per viale Europa in cerca di saldi? Perché io sì, me lo ricordo! Giovanna invece ha sposato un certo Ken o Kenny e adesso vive a New York, e per tornare a me bla bla e ancora bla. E blablà.
Ecco.
Tu invece che fai? Mi rispondi un po' 1), perché di fatto rimani lì, come un ologramma, lontano e irreale e freddo, a dodici anni barra dieci e mezzo di distanza, ma un po' anche 2), perché mi racconti cose vicine, precise, calde – tuo papà che ha parlato di me quest'estate, Giovanna che pare felice –, accenni alla mia collezione di date, butti lì che tua madre ha dei nipoti e mi permetti di dedurre che tu hai dei figli.

Insomma, non è il momento: lo so. So anche che già te l'ho scritto.

Però sarà che questa notte non riesco a dormire, sarà che ieri notte l'ho sognato, tuo papà, che mi ripeteva appunto di arredare i tunnel, sarà che è un periodo in cui tutto mi affatica e niente mi fa sorridere ma la tua risposta, l'altro giorno c'è riuscita: be'.

Vorrei sapere se scegli 1) o 2).

E se scegli 2) vorrei che mi raccontassi tutti i bla bla che puoi. Con particolare attenzione ai blablà.

Amanda

> Da: tommaso_pannella@tin.it
> Data: 21-ott-2010 06:17
> A: ama.grimaldi@hotmail.it
> Oggetto: 2)

Il 6 luglio del 1998, tre giorni prima della nostra partenza per la Cina, che, al solito, avremmo girato rigorosamente con un solo bagaglio a mano per uno (perché lei andava sempre di fretta e perfino aspettare mezz'ora in più in aeroporto l'arrivo delle valigie sembrava toglierle del tempo prezioso – che poi prezioso per fare che cosa, nemmeno sapeva dirlo: andava velocissimamente da nessuna parte, lei), Amanda mi lascia.

La sera prima avevamo fatto l'amore – da mesi per un motivo o per l'altro non ci riuscivamo più (sette mesi, per l'esattezza). Tre giorni dopo, non so se è chiaro, avevamo due biglietti per Pechino.

E lei mi lascia.

Così.

Viene a prendermi in palestra, me la ritrovo lì fuori e mi dice: «È finita». Le chiedo perché, lì per lì credo che stia scherzando (aveva spesso voglia di farlo). Lei resta zitta: capisco che no, non sta scherzando (non aveva bisogno di farlo sempre).

«Perché, Amanda?» le ripeto.

E lei: «Perché è finita».

«Quando?» io.

«Mentre non te ne accorgevi, ma io sì. Fidati» lei.

E poi se ne è andata. «Non mi telefonare, ti prego» ha fatto in tempo a implorarmi, un attimo prima di sparire. Io ovviamente le ho telefonato un'ora dopo. Ha risposto sua madre che appena ha sentito che dall'altra parte della cornetta c'ero io si è messa a piangere, e continuava a ripetere il mio nome: Tommaso-Tommaso-Tommaso, diceva, come se fossi morto.

Un po' in effetti aveva ragione lei.

Un po' sono morto, quando mi ha lasciato Amanda.

La vita, però, non ci ha creduto che fossi un po' morto ed è andata avanti lo stesso, senza il mio permesso.

Finché a un certo punto gliel'ho dato.

È successo un giorno di dicembre, poco prima di Natale. Sono passato di fronte a quel ristorante messicano vicino a piazza della Pietra. Quello, sì. E fatto sta che per prima cosa non ho pensato: "Qui sono stato a cena con Amanda per quello che mai avrei immaginato sarebbe stato il nostro ultimo anniversario", ma ho pensato: "Qui fanno delle tortillas davvero fenomenali, prima o poi ci devo portare Susanna".

Non che l'abbia mai amata, Susanna. Ma lei amava me. L'avevo conosciuta in Cina, dove comunque io sono andato lo stesso – e, alla faccia di Amanda, con una valigia enorme. È successo a Chengdu, nella riserva naturale che protegge i panda. Io ero lì, da solo, con la voglia disperata di Amanda. Susanna era lì, con due amiche, con la voglia allegra di tutto.

Siamo stati insieme per qualche mese, al rientro dalla Cina.

Nel frattempo ho compiuto ventisette anni. Sono stato bocciato all'esame per diventare avvocato a tutti gli effetti. Poi ne ho compiuti ventotto. Ho superato l'esame e sono diventato avvocato a tutti gli effetti.

Tre settimane dopo avrei avuto la mia prima vera causa.

La mattina stessa Amanda mi ha telefonato.

Come se non fossero stati quasi due anni che non ci sentivamo.

Come se non fosse sparita da un giorno all'altro senza nemmeno dire scusa, grazie, mi dispiace, guarda che torno.

«Vorrei venire ad assistere alla tua causa» lei.

«Se ti fai vedere in tribunale non mi faccio vedere io, fai un po' te» io.

Lei ha riattaccato: non si è fatta vedere in tribunale. Io per fortuna sì.

L'ho raccontato a mio padre, quella sera: «Sai che Amanda mi ha telefonato per venire ad assistere alla causa?».

«E perché non è venuta?» ha risposto lui. Come se non fossero stati quasi due anni che Amanda e io non ci sentivamo. Come se lei non fosse sparita da un giorno all'altro senza nemmeno dire scusa, grazie, mi dispiace, guarda che torno.

«Perché io non gliel'ho permesso» ancora io.

«Avrai i tuoi buoni motivi» ancora lui.

No, non avevo i miei buoni motivi. Anzi, forse non ne avevo neanche uno. È che proprio non mi andava di vederla, Amanda. È che a furia di costringermi a trovarle dei difetti ci ero riuscito, ma mi sa che avevo esagerato. Insomma, fra tutte le stronze che infestavano il mondo, lei certamente non era la più stronza: anzi, forse tecnicamente non si poteva addirittura nemmeno definire una stronza. Ma io ne avevo fatto la Regina, delle Stronze.

Senza contare, poi, il fattore Maddalena. Maddalena non riusciva a sentirla nominare, Amanda: la chiamava (senza troppa originalità, lo ammetto, ma con un gusto per la sintesi che io, lì per lì, sentivo di condividere) "quella troia": figuriamoci che casino avrebbe alzato a vedersela comparire davanti.

Stavo con Maddalena da un po'. Due secondi prima di fare l'amore con lei ero certo che fosse la donna della mia vita, poi facevamo l'amore e quella certezza passava.

Era gelosa di tutti e di tutto, Maddalena. Ma, ancora più che di tutti e di tutto, era gelosa di quello che le era impossibile controllare. Il mio passato. Amanda.

«Si capisce da come parli e da come non parli di quella troia che è l'unica donna di cui sei stato davvero innamorato» diceva.

Chissà. Forse aveva ragione. Forse prima che arrivasse Tiziana era davvero così.

Dopo la prima causa c'è stata la seconda, poi ho perso il conto.

Sono passati tre anni in cui Maddalena in un modo o nell'altro è rimasta, ma senza bastarmi mai. Ogni tanto la lasciavo, ogni tanto la tradivo. Ero prima di tutto preoccupato per Giovanna, che aveva scelto di dare a qualcun altro la responsabilità di rovinarle la vita e aveva preso a frequentare un giro di pseudomusicisti incazzati, convinti di avere un talento che passavano il tempo più a rivendicare che a coltivare. Mentre quello che coltivavano con grande attenzione era uno stile di vita che secondo loro bastava per trasformare uno sfigato in un artista. Mia madre faceva finta di non vedere, mio padre vedeva tutto perfettamente e stava addosso a Giovanna troppo e male, al punto che c'è chi ipotizza si sia ammalato proprio per questo. Io, da fratello maggiore, ho provato a diventare la madre e il padre di Giovanna. Ho scoperto che aveva cominciato a farsi, e in maniera pesante. L'ho trascinata per i capelli (in senso letterale: lei conserva ancora la ciocca che può testimoniarlo) in una comunità. È uscita, ma c'è subito ricaduta. Finché non ha incontrato una psicoterapeuta diversa da tutte, diversa da tutto.

Tiziana.

L'ho sposata dopo nemmeno un anno. Abbiamo due figli, Paolo e Serenella. Paolo ha cinque anni, parla sempre, è più alto rispetto alla sua età, più intelligente, più profondo, dicono le maestre. A me pare spaventosamente fragile e insicuro. Serenella ha tre anni, è silenziosa, sorride anche mentre dorme, mi versa dentro una pace profonda come niente e nessuno è mai riuscito a fare.

Poi, un mese fa domani, è morto mio padre.

E dopo un po' di giorni mi ha scritto Amanda. La Regina delle Stronze. Quella troia. In altre parole la prima donna che mi ha fatto davvero bene, l'unica che mi ha fatto davvero male.

Sono stato contento di ricevere la sua mail, ma andavo troppo di fretta per farglielo capire.

Da incantevole egocentrica che era, ed evidentemente è rimasta, ha preteso più attenzione e allora le ho scritto questa mail, che adesso devo chiudere perché Paolo, di là, sta facendo casino in cucina per prepararsi la colazione.

Prima che spalmi la maionese sui biscotti, come gli piace fare quando nessuno lo controlla, vado.

Adesso mi piacerebbe sapere che cosa è successo e che cosa non è successo ad Amanda, in questi dodici anni barra dieci e mezzo.

Tommaso

> Da: ama.grimaldi@hotmail.it
> Data: 21-ott-2010 08:27
> A: tommaso_pannella@tin.it
> Oggetto: 335301340

È sempre il tuo numero?

> Da: tommaso_pannella@tin.it
> Data: 21-ott-2010 08:56
> A: ama.grimaldi@hotmail.it
> Oggetto: Re: 335301340

Sì.

21 ottobre 2010
16:40
+393339130366

E se ti chiamo?

21 ottobre 2010
17:23
+39335301340

Rispondo, ma chi è?

Pronto?
Tommaso?
Sì...
Amanda.
Non mi dire...
Sì. È che ho cambiato numero, non potevi riconoscer...
Comunque non ti avrei riconosciuta.
Ma dai! Hai cancellato perfino il numero, della Regina delle Stronze!
Scusa, hai ragione: come ho mai potuto osare e cancellarlo? Sono passati "solo" dodici anni...
Barra dieci e mezzo.
Barra dieci e mezzo.
...
...
Ti ho disturbato?
No, figurati. Sono in piscina e sto aspettando che Paolo finisca la lezione. Paolo è mio fig...
Tuo figlio, certo. Ho letto la tua mail.
Certo.

Certo. Quante cose ti sono capitate, eh?

Be', in dodici anni barra dieci e mezzo capita che capitino.

Certo.

Certo.

Dev'essere stato un incubo, con Giovanna.

L'importante è che sia finito.

Certo.

Certo.

Senti.

Sento.

Te lo devo dire.

Dimmelo.

C'è una cosa che leggendo la tua mail non mi torna.

Sarebbe?

Stai bene? Perché mi sembra proprio di sì, Tommaso.

...

Tommaso?

... Che ti devo dire... sì... in effetti sì... anche se...

Ecco, lo sapevo: allora me lo devi confidare, Tommaso.

Ma che cosa, Amanda?

Il segreto.

Quale segreto?

Come si fa a stare bene. Tu eri come me, non ci riuscivi mai.

Be', non è vero, per esempi...

Dai, dai dai: fino in fondo non ci riuscivi mai.
...
E poi?
E poi... Amanda, non lo so. E poi uno ci riesce e magari non ha tempo neanche per capirlo.
Credi?
No. Ma Paolo ha finito la lezione, devo portargli l'accappatoio. Se vuoi ci risentiamo e magari ci prendiamo un caffè un giorno di questi, ok?
Ok.
Ciao, Amanda.
Ciao, Tommaso.

21 ottobre 2010
18:07
+39335301340

Perdona la fretta!
Mi ha fatto molto piacere sentirti, davvero.
A presto. Tommaso

> Da: ama.grimaldi@hotmail.it
> Data: 21-ott-2010 22:26
> A: tommaso_pannella@tin.it
> Oggetto: Il segreto

Tommaso, scusa.
Per averti disturbato, oggi, mentre eri in piscina con tuo figlio e soprattutto di disturbarti adesso. Ma davvero non mi dà pace questa cosa qui. Cioè, mi spiego: non è che non mi dà pace sapere che tu sei sposato con una donna che ami, che hai due figli e che, nonostante tuo papà, resisti.
Tifo profondamente per tutto questo.
Ma il segreto devi dirmelo. Devi.
Te lo ricordi quando mi hai insegnato a usare la frizione? L'insegnante di guida e mio papà ci avevano provato a spiegarmelo, ma niente. Poi sei arrivato tu, mi hai detto metti un piede lì e un altro qui, e tutto mi è sembrato facilissimo.
Che sarà, la vita, rispetto a guidare una macchina?
Niente.

E allora forza.
Spiegami come si fa. Te lo ordino in quanto Regina.
Baci,
Amanda

P.S. È mora? Perfettamente bilingue? Il suo film preferito è *8 1/2*? È allergica alle fragole? Ha una migliore amica che conosce fin dai tempi delle elementari? Preferisce la montagna al mare? Ama con tutta se stessa Paolo e Serenella, ma ha un inconfessabile debole per Paolo? Magra com'è le sta bene tutto e per questo non s'impegna troppo per vestirsi? Non s'impegna neanche a essere spiritosa ma sa ridere bene se lo sono gli altri? Sopporta i silenzi? Prima di addormentarsi deve sempre leggere almeno mezza pagina del libro che ha sul comodino, anche se un occhio le si è già chiuso?
Io Tiziana me la immagino così.

> Da: tommaso_pannella@tin.it
> Data: 25-ott-2010 06:10
> A: ama.grimaldi@hotmail.it
> Oggetto: Re: Il segreto

Cara Amanda,
esco da giorni un po' incandescenti per via di mia madre, che ha preso a non dormire la notte e non ne vuole sapere di venire a stare da noi. Allora sono andato io da lei, nel week-end, abbiamo fatto qualche passeggiata, ascoltato un paio di dischi che piacevano a papà e mi è parsa leggermente più tranquilla.

Fortuna che la settimana prossima arriva mia zia e si ferma da lei per un po'.

Ieri sera, tornando dalla campagna, mi sei venuta in mente e ho pensato a quello che mi hai chiesto.

Il segreto per stare bene, perché la vita funzioni.

Ecco: mi sono accorto che erano anni che non mi interrogavo su quale fosse. E che forse, dunque, sì: certe risposte possono arrivare solo se smetti di farti certe domande, come ti accennavo l'altro pomeriggio, per telefono.

Non so se mi sono spiegato.
Parlare in generale, tuttavia, non ha mai troppo senso, come mi ricorda sempre Tiziana.*
Non hai voglia di spiegarmi che cos'è che non va, di preciso?
Magari stai ancora una volta confondendo il pedale del freno con quello della frizione.
Non sarebbe un errore da poco.
Cambia tutto.
Buona giornata,
Tommaso

* Castana, d'estate quasi bionda, al momento capelli fino alle spalle, un taglio piuttosto indefinito. Suo padre è d'origine scozzese, quindi sì: è perfettamente bilingue. Francese scolastico. *Barry Lindon*. Nessuna allergia alimentare, ma le fa schifo il formaggio, anche solo l'odore, e il pelo dei gatti le fa venire l'asma. La sua migliore amica dipende dal periodo, ultimamente direi che è una sua collega, una certa Bianca, con cui s'è abbonata a un ciclo di concerti a Santa Cecilia: di solito non sa godersi niente di bello se non coinvolge anche i bambini e me, ma mi pare che finalmente stia imparando. E allora, viva Bianca. In montagna la costringo ad andare io, una volta l'anno, i primi dieci giorni d'agosto di solito, ma fosse per lei passerebbe tutte le vacanze (anche quelle di Natale) spalmata sullo stesso lettino della stessa spiaggia, rigorosamente

con dieci ombrelloni al massimo, possibilmente in Grecia. Sì: ha un inconfessabile ma evidente debole per Paolo e spesso penso che il carattere pacifico di Serenella sia spuntato fuori istintivamente, per la necessità di non disturbare più di tanto il legame profondo e misterioso fra la madre e il fratello. Da ex tuffatrice semiprofessionista è asciutta, ma robusta, e in effetti non s'impegna troppo nel vestirsi, però si preoccupa sempre di tenere coperte le spalle, che io trovo bellissime perché larghe, lei orribili perché larghe. Ha un senso dell'ironia tutto suo, non immediatamente chiaro alle persone, e un'aria divertita a prescindere che, insieme alla fantasia e alla dedizione che ci ha messo per aiutare Giovanna, è la prima cosa di lei che mi ha attratto. Di solito sì, ma ultimamente no: non sopporta bene i silenzi, soprattutto quelli degli altri, soprattutto i miei (penso abbia a che fare con la morte di papà: evidentemente ha il timore ci sia qualcosa che non riesco a esprimere che, a furia di restare lì, possa marcire e attaccarsi dentro. Si sbaglia, credo). Non abbiamo comodini ai lati del letto e non ha particolari abitudini prima d'addormentarsi. Per lavoro comunque è costretta a studiare dei saggi che il più delle volte le sembrano inutili: in vacanza ama l'idea della spiaggia a oltranza anche per recuperare i romanzi che non è riuscita a leggere durante l'anno. L'ultimo che l'ha appassionata è stato *Le vite di Dubin*, di Malamud.

> Da: ama.grimaldi@hotmail.it
> Data: 25-ott-2010 16:12
> A: tommaso_pannella@tin.it
> Oggetto: Di occhi, spalle e sederi

Caro Tommaso: caro!
Mi commuove che, fra tutto il faticoso, splendido, tommasissimo puzzle della tua vita, fra tua madre, il tribunale e i biscotti alla maionese, tu possa trovare del tempo per rispondere a me.
"Quella troia" (anche se, posso dire?, se dovessi scegliere preferirei di gran lunga la Regina delle Stronze).
Che comunque dalla sua non ha mai smesso di considerarti un animale di una razza preziosa e in via d'estinzione, come i panda cinesi che ti hanno fatto rimorchiare Susanna. Ma questa è un'altra storia.
O forse no.
Comunque.
"Che cos'è che non va, di preciso?"
Aiuto. Sai che non lo so? Credo che il problema della mia vita, ora come ora, non sia esattamente

che qualcosa non va: magari. Significherebbe che c'è, nella mia vita, qualcosa di così necessario, di così urgente, da fare la differenza, se funziona bene o se funziona male. Invece quel qualcosa non c'è.

Risparmiandoti i miei ultimi dodici anni barra dieci e mezzo, al momento vivo (dalle parti del ristorante messicano che oggi è diventato una specie di caffè letterario, pensa te) con Poirot, fedelissimo se pur lievemente nevrotico incrocio fra un setter irlandese e a detta di molti una capra, a detta di Simona un labrador (ma lei me l'ha regalato e dunque è di parte. E poi hai presente quando quella notte sotto casa sua, in macchina, hanno dato la notizia del ritrovamento del cadavere di Jeff Buckley e lei ci ha tenuti lì fino all'alba per convincerci che no, lui non poteva essere davvero morto, perché c'erano comunque troppe cose che non tornavano? Ecco. A parte due matrimoni, tre figli e un setter irlandese – padre di Poirot –, Simona è sempre uguale).

Comunque.

Fino a giugno, con Poirot e me c'era anche Manuel. Non che abitassimo davvero insieme, ma era come se. E il problema, in parte, è stato quello. Lui avrebbe continuato così per sempre, o giù di lì. Io mi ero messa in testa di volerlo sposare, di avere un figlio. Non gli parlavo d'altro. Lui: «Che facciamo, stasera?», io: «Un figlio». Lui: «Andiamo al cinema?», io: «E se invece facessimo un figlio?».

Quando mi sono accorta di essermi trasformata in un mostro, era troppo tardi. Manuel mi aveva già lasciata.

Eppure non è lui che mi manca.

All'inizio ho creduto che sì. Che il buco che sento dentro, soprattutto un attimo prima d'addormentarmi, soprattutto un attimo dopo essermi svegliata, l'avesse scavato Manuel, andandosene via. Ora so benissimo che no. Che da qualche parte avevo smesso di amarlo molto prima che smettesse di amarmi lui. Che mi ero trasformata in un mostro proprio per contagiarlo con il disamore. Non so se mi spiego.

E allora, quel buco, che cos'è? Che cos'è che manca, alla mia vita?

È da mesi che mi tormento per capirlo.

Poi è arrivata la tua mail, oggi: quando smetterai di tormentarti per capirlo, non è che lo saprai, ma in qualche modo l'avrai capito. Dici.

Pensavo e pensavo alle tue parole, mi sforzavo d'individuare freno e frizione e distinguerli, mentre i miei alunni erano piegati sui loro banchi, sui loro fogli. C'era compito in classe d'italiano, stamattina. La campanella è suonata, loro hanno consegnato il tema, io sono tornata a casa.

Ho cominciato a correggere i compiti. Sì: sono ormai nove anni che insegno. Zitto, zitto! Non lo voglio ascoltare, quello che ti sta passando per la testa. Professoressa d'italiano in una scuola media? Amanda? Ma non era lei che non lasciava tregua a nessuno dei nostri amici, e prima di tutto non lasciava tregua a me, quando si parlava di futuro, in Sardegna, al campeggio di Bosa, subito dopo la maturità? «Possibile non ci sia niente che vi piace fare al punto di scommetterci su tutta la vita?» Come un mantra, lo ripeteva. E ancora, a me: «È incredibile, Tommaso, incredibile. Tu e gli altri parlate delle facoltà che avete scelto come di un posto di mare a caso dove andare a campeggiare, anziché per un'estate, per un po' di anni, ché tanto una spiaggia vale l'altra. Ma, cazzo, vi lascia così tranquilli, vi lascia così indifferenti la prospettiva di un lavoro che non abbia precisamente a che fare con la roba che nel profondo vi rode dentro, con quello che nel profondo siete? Io se non farò quello che voglio, se non diventerò una scrittrice, se i miei libri non verranno tradotti in tutto il mondo, già ho la piena consapevolezza, oggi e qui, che sarò una donna infelice, con gli occhi tipo punte di spillo: ce le hai presenti, Tommaso, le persone con quegli occhi lì? Sono tantissime, tantissime. Non fanno quello che sono nate per fare, non frequentano persone che mettono in gioco la loro parte più scomoda, quella che però fa la differenza fra loro e il resto del mondo, quella che uno ti guarda e dice "tu", che uno si guarda e dice "io": e si trascinano, per le strade e per le giornate, con i loro occhi spenti, con i loro occhi tristi».

Ti sta passando questo per la testa, vero, Tommaso? Non sai quante volte passa per la testa a me. Ma dopo che il mio primo e il mio secondo e il mio terzo manoscritto sono stati rifiutati da tutte le (tante, tante: fidati) case editrici a cui li avevo mandati, be': fra il dedicare i miei giorni alla rabbia o a qualcos'altro, ho scelto qualcos'altro. Quantomeno è retribuito (anche se poco, ma questo è un altro discorso), mentre la rabbia batte cassa.

Non lo so se gli occhi mi siano diventati punte di spillo, a volte ho paura di sì. Però due mesi fa ho finito di scrivere un altro romanzo: e mi pare fossero miei, gli occhi, mentre ci lavoravo. Non l'ho spedito a una casa editrice e non lo farò mai proprio per tenerli il più possibile così. Miei.

Anche con Manuel, i primi giorni, sicuramente lo sono stati. Miei. E lo sono in certe mattine incantate, quando spiego, fosse solo per tre minuti, ma ho la sensazione che realmente in classe qualcuno mi stia ascoltando.

Lo sono adesso che ho qui, vicino alla tastiera del computer, i temi di terza che ho appena finito di correggere. *Perché la vita ha un senso o perché non ce l'ha, secondo te?*, era la traccia. Sì, sì: è vero, lo ammetto, avvocato Pannella. Non è del tutto corretto assegnare ai propri alunni temi da svolgere su un problema che non è certo di carattere internazionale, bensì riguarda solo lei, la loro disgraziata professoressa.

Ma le regole di buona civiltà non sono fatte per chi passa un periodo di merda.

E poi i ragazzi, per una volta, non solo sembravano davvero presi da quello che scrivevano: ma per di più, senza accorgersene, mi hanno svelato il segreto. Proprio quello. Quello che tu – non facendolo apposta, credo – ti vuoi tenere per te.

Io che invece sono sempre stata più generosa di te – ammettilo: più rompicoglioni ma più generosa –, un segreto te lo rivelo: evita di rimarcare con Tiziana quanto ti arrapano le sue spalle larghe. Possibile che ancora tu non abbia capito che ci sono cose che fanno impazzire voi uomini, ma che noi donne troviamo terribile avere in dotazione? Non ti è bastato quando quella volta, a Tulum, mi hai detto come mi stavano bene quei pantaloncini rossi, perché finalmente mettevano in evidenza il mio sedere "importante"? Insomma, una volta per sempre: noi donne vorremmo tutte avere le ossa sottili, i culi piatti, le spalle da scricciolo e consideriamo sinceramente una perversione che a voi uomini piacciano le corporature sane, i sederi importanti e le spalle larghe. Dunque lasciateci campare in pace e siate così gentili da tenervi almeno la vostra perversione per voi.

Grazie,
Amanda

P.S. Oggi mi ha telefonato mia mamma, le ho detto che ci siamo risentiti e ti manda un abbraccio forte, in generale e per tuo padre. Da quando il mio, di padre, è andato in pensione, si sono trasferiti nella casa al lago e non immagini quanto siano sereni. Lui sembra perfino essersi rassegnato che io sia una femmina e basta e non il soldatino di ferro che ha sempre sognato, pensa te.

> Da: tommaso_pannella@tin.it
> Data: 26-ott-2010 00:12
> A: ama.grimaldi@hotmail.it
> Oggetto: Re: Di occhi, spalle e sederi

Gentile (anche se qualche sforzo in più per esserlo davvero io l'ho sempre invitata a farlo) professoressa Grimaldi,
mi permetta di non crederci.
Gli occhi delle persone sono o non sono punte di spillo, così come sono verdi o marroni, larghi o stretti.
Dubito che i suoi (che a volte, lo ammetto, consideravo fin troppo accesi per lo spettacolo che il mondo e le persone generalmente sono in grado di offrire) possano essersi spenti.
Tommaso

P.S. Salutami Simona, davvero e tanto (di Michael Jackson se ne sarà fatta una ragione, mi auguro). Come avete fatto a non perdervi fra cani, capre, figli, fidanzati e mariti? Marco e io invece ci siamo persi, e nemmeno saprei dirti dove: ma forse oltre al culo piatto, le ossa sottili e le spalle da scricciolo voi donne pretendete anche di avere un'amica per tutta la vita. E ci riuscite. Poi, sempre davvero e sempre tanto: ricambia l'abbraccio ai tuoi. Spero abbiano messo i termosifoni, nella casa al lago. Il capodanno del '94 è stato il più freddo della mia vita. Anche uno dei migliori però. Senza dubbio.

> Da: ama.grimaldi@hotmail.it
> Data: 26-ott-2010 00:19
> A: tommaso_pannella@tin.it
> Oggetto: Re: Re: Di occhi, spalle e sederi

Gentile (che poi è proprio necessario esserlo? Non si potrebbero sempre e comunque saltare i convenevoli? Era e rimane la mia posizione) avvocato Pannella,
sinceramente: sua figlia Serenella che dorme e respira dolce, respira piano, o suo figlio Paolo che le chiede se il mondo è quadrato o rotondo, convinto che lei lo abbia inventato, il mondo, non aumentano i watt dei suoi occhi?
Realmente pensa che l'energia non possa che autoprodursi? E allora che bisogno avremmo dei termosifoni, a capodanno?
Amanda

> Da: tommaso_pannella@tin.it
> Data: 26-ott-2010 00:31
> A: ama.grimaldi@hotmail.it
> Oggetto: Re: Re: Re: Di occhi, spalle e sederi

Sì, Amanda, lo penso realmente. E tu, come hai sempre fatto (come forse facciamo tutti, certo: ma tu sei Regina anche in questo), rimani l'unica a non avere piena coscienza di chi sei: anche solo immaginare che effetto possano fare, i respiri di una bambina come Serenella e le domande di uno come Paolo, dimostrano che ho ragione. Che nemmeno se tu lo volessi (perché mi rendo conto, mi sono sempre reso conto, che in certi momenti il carattere può diventare una responsabilità di cui vorresti liberarti) i tuoi occhi potrebbero non appartenerti.

Quasi per nessuno si può dire la stessa cosa.

Delle persone che conosco, solo per mio padre lo avrei detto.

Tommaso

> Da: ama.grimaldi@hotmail.it
> Data: 26-ott-2010 00:45
> A: tommaso_pannella@tin.it
> Oggetto: Re: Re: Re: Re: Di occhi, spalle e sederi

Ti manca?

> Da: tommaso_pannella@tin.it
> Data: 26-ott-2010 01:34
> A: ama.grimaldi@hotmail.it
> Oggetto: Re: Re: Re: Re: Re: Di occhi, spalle e sederi

Sempre. Quando la sveglia prende a suonare adesso non mi alzo subito. Aspetto. E nei cinque minuti fra il primo e il secondo suono, ancora non ci credo fino in fondo che, se nel corso della giornata mi capiterà qualcosa di inspiegabile, non potrò chiamare lui per avere la sensazione che tutto il mondo, a guardarlo bene, non si può mica spiegare facilmente, e che allora conviene non rompergli le palle per pretendere troppi chiarimenti.

«Devi capire che non c'è proprio niente da capire.» Me lo ha detto anche quando tu mi hai lasciato, pensa. «Ma non credi che io meriti almeno di sapere che cosa le è successo?» insistevo io. «Come se sapere fosse mai bastato a qualcuno, fosse mai servito a qualcosa» lui. «Siamo tutti ignari di almeno un particolare che potrebbe stravolgerci la vita: vale la pena scoprirlo?»

È dovuto morire perché riuscissi a dargli ragione.

E adesso quelle stesse parole le dico io a mia madre: «A che ti serve sapere, che senso ha capire. Vale la pena?».

Ma lei nemmeno è in grado di ascoltarmi, per il momento.

Ti avevo accennato, vero, all'eredità di casini che ci ha lasciato papà?

Conoscendoti avrai pensato ma sì, casini, quali casini? Per Tommaso anche un ritardo di dieci minuti è un casino, figuriamoci. Il padre gli avrà semplicemente lasciato l'ultima bolletta telefonica da saldare, o un cappotto da ritirare in lavanderia. Cose così.

E invece no, Amanda.

Senti un po'.

Dopo il funerale, mentre mia madre, Giovanna e io ci stavamo avviando al cimitero, ci è venuta incontro una donna minuscola, una specie di folletto fasciato di nero, con una faccia piena di cose. Rughe, dolore, troppo trucco. Ma soprattutto, come ti posso dire?, una specie di grazia.

«Sono io, sono Georgette» ha detto, con l'italiano un po' magico dei francesi. «E finalmente possiamo abbracciare noi», rivolta a mia madre. Abbracciare noi, così ha detto. Mia madre non s'è mossa, ma s'è lasciata abbracciare. E Georgette ha continuato: «Solo ora mi rendo conto perché lui non avrebbe mai potuto lasciare voi per me. Siete davvero una famiglia moltamente bella».

Per fortuna Giovanna un po' disturbata rimarrà sempre. E si è messa a ridere. Proprio da non riuscire a fermarsi. La guardava e rideva, guardava mia madre e rideva, mi guardava e rideva. Che ti devo dire, Amanda? Le sono andato dietro. E giù a ridere pure io. Da non riuscire a fermarmi. Mia madre teneva fissi gli occhi negli occhi di quella donna. Che di nuovo voleva abbracciarla, che d'ora in poi dobbiamo diventare amiche, le diceva. Se non fosse arrivata Tiziana forse saremmo ancora lì, tutti e quattro. Le è bastato stringermi un braccio, chiedermi: «Che succede? Che c'è da ridere?» e ho realizzato che da ridere in effetti non c'era un cazzo. Allora ho preso mia madre per mano, ho chiesto a Georgette di lasciarci da soli, lei ha cominciato a piangere, piano, ha tirato fuori dalla borsa un biglietto da visita ("Georgette Dufroit, découpage creativo su legno, stoffa e vetro"), l'ha dato a Giovanna (che provava a trattenersi, ma ancora non la finiva di avere bisogno di ridere) e si è rivolta a mia madre: «Lui mi ha detto sempre che tu sapevi tutto. Diventiamo amiche». E ancora: «Diventiamo amiche». Poi si è allontanata, prima che ci allontanassimo noi.

Che storia, Amanda, eh?

Che storia.

Tommaso

> Da: ama.grimaldi@hotmail.it
> Data: 26-ott-2010 01:52
> A: tommaso_pannella@tin.it
> Oggetto: Re: Re: Re: Re: Re: Re: Di occhi, spalle e sederi

Tommaso...
Tommaso. Tommaso!
Tommaso?
Lo sai, vero? Che tuo padre era un uomo eccezionale. Lo sai? Che magari quella Georgette, fra il suo italiano francese, la confusione vostra, la sua, s'è espressa male, ha fatto un po' di découpage creativo anche con i ricordi, e in realtà chissà che cosa voleva dire. Lo sai?
Amanda

P.S. Che poi. Quella Maddalena. "Ogni tanto la lasciavo, ogni tanto la tradivo" mi hai scritto. E allora, se Georgette invece avesse voluto dire proprio quello che ha detto, sai anche questo, no? Che ci sono momenti, nella vita di tutti, dove niente è al suo posto, dove desideriamo una cosa, ne facciamo un'altra, ma forse no, quella che facciamo è esattamente quella che desideriamo: però ci è impossibile ammetterlo. Insomma, è tutto un disastro perché siamo, un disastro. Ma la differenza allora la fa quanto riusciamo almeno a difendere chi ci sta intorno, dal nostro disastro. Tuo padre ce l'ha messa tutta per difendervi, mi pare.

(E poi, molto più banalmente, gli uomini tradiscono e le donne se ne vanno, lo dicono le statistiche. Chissà quante volte tu hai tradito me. Sicuramente un mese dopo che c'eravamo messi insieme, in settimana bianca con Marco, almeno un bacio a quella tedesca che poi t'ha spedito la cartolina gliel'hai dato.)

> Da: tommaso_pannella@tin.it
> Data: 26-ott-2010 02:05
> A: ama.grimaldi@hotmail.it
> Oggetto: Re: Re: Re: Re: Re: Re: Re: Di occhi, spalle e sederi

Sì Amanda, lo so: era un uomo eccezionale.
Come so per certo che Georgette voleva dire proprio quello che ha detto.
Nel modo più assoluto una cosa non esclude l'altra, per me.
Per Giovanna, se non ci fossero Ken e Tiziana, sarebbe dura.
Per mia madre lo è.
Riempimi un abbraccio, va'.
Tommaso

P.S. Non dire cazzate. Sai benissimo che per me le altre donne del mondo avevano smesso di avere la bocca, le tette, e ricordi d'infanzia da avere voglia di ascoltare. E allora, per la milionesima (si fa per dire: è senza dubbio almeno la milioquattrocentesima) volta: quella tedesca aveva passato l'ultima notte della settimana con Marco e la cartolina l'ha chiaramente mandata a me sperando di suscitare una qualche reazione in lui.

Tu invece dimostri una certa esperienza nel parlare di tradimento: sbaglio?

> Da: ama.grimaldi@hotmail.it
> Data: 26-ott-2010 02:16
> A: tommaso_pannella@tin.it
> Oggetto: Re: Re: Re: Re: Re: Re: Re: Re: Di occhi, spalle e sederi

Anche se per te non è dura, c'è qualcosa che potrei fare, proprio ora proprio qui?
Intanto riempio l'abbraccio. E pure Poirot ci s'infila dentro.
Amanda

P.S. Bisogna vedere cosa intendi per tradimento. Per dire: per quasi tre anni sono stata con un mio collega. Ci piacevano gli stessi film, la stessa musica, le stesse persone. Insomma, a letto un disastro. E ogni tanto ho preso provvedimenti. Figurati che Manuel era nato così: come un provvedimento. (Mai tradito te, però. Mai. Te, mai.)

> Da: tommaso_pannella@tin.it
> Data: 26-ott-2010 02:20
> A: ama.grimaldi@hotmail.it
> Oggetto: Re: Re: Re: Re: Re: Re: Re: Re: Re: Di occhi, spalle e sederi

Qualcosa che potresti fare ci sarebbe. Fammi leggere i temi dei tuoi alunni.

P.S. Ti confermi il più maschio delle femmine che abbia mai conosciuto. (Lo so. Questo sì. L'ho sempre saputo.)

> Da: ama.grimaldi@hotmail.it
> Data: 26-ott-2010 03:45
> A: tommaso_pannella@tin.it
> Oggetto: Perché la vita ha un senso o perché non ce l'ha, secondo te?

Lorenzo, che da dopo le vacanze ha cominciato ad addormentarsi regolarmente fra la prima e la seconda ora, perché di notte non riesce a prendere sonno, dice lui, perché per colazione invece di una brioche si fa due canne, credo io, scrive:

Per me, il senso della vita è solo l'Amore. È bello innamorarsi, essere felici. Chi conosce l'Amore sa quello che si prova: momenti difficili, momenti di piena felicità. L'Amore è una felicità indescrivibile, con l'Amore cancelli tutto. L'Amore è anche sapersi fare amare. Amare è dedicare del tempo ad una persona: quando c'è in gioco l'Amore tutto il resto è secondario. Amare è bello, chi non lo ha mai provato non sa cosa di tanto può contenere. L'Amore è quel pizzichio di vita che riempie la quotidianità di vita e di estrema felicità.

Così, parola per parola.
E non è possibile che Giuliano abbia copiato da lui, perché i loro banchi sono troppo lontani. Eppure sembra. Perché leggilo, il tema di Giuliano:

L'amore secondo me dà un senso alla vita e per questo è l'unica cosa che davvero è meglio quando c'è. Perché ti scordi di tutti i problemi, non pensi a niente di brutto perché sei pieno di emozioni. La mia storia è stata così, poi è finita ma io sono ancora innamorato e mi mancano tutte quelle cose piene di bene.

Stava con Patrizia detta Izia, Giuliano, fino all'anno scorso. Poi lei si è stufata e non ne ha voluto più sapere. Non lo dovrei dire, ma è la mia preferita Izia, anche se (proprio perché?) ha una specie di nuvola, fissa, che le pesa addosso. Leggi:

Io sono quasi sempre triste, anche senza motivo e per questo spesso credo che la vita non ha proprio nessun senso. Però quando mi piace qualcuno sto un po' meno triste, sopra a tutto se pure a lui gli piaccio io.
Quando c'è l'amore si sta ovviamente meglio perché sei felice, ti senti compreso e amato. Perché senti di poter essere veramente te stesso solo con lui. Stai bene perché vivi in un mondo tutto tuo o meglio vostro, fatto di sogni e desideri. Ti senti bene come non sei mai stato. Sei completo.

E poi c'è Pagnotta. Si chiama Francesco, ma se lo sono scordato tutti, lui per primo. Anche i temi: Pagnotta, li firma.

La vita non ha senso secondo me. Giusto quando si è innamorati si sta meglio perché hai qualcuno che ti riempie la vita in ogni momento tu voia. Solo una donna può darti emozioni, sensazioni e sentimenti che nessun altro può darti. Non so perché questo è possibile, ma è così, io quando sono innamorato cambio proprio i pensieri nel corso della giornata, le cose che mi parono importanti non sono più le stesse, diventano altre.
Pagnotta (Mi scusa prof. se sono stato corto ma non ho altro da dire.)

Claudio, ancora più "corto" di Pagnotta, lì per lì sembra una voce fuori dal coro. Poi, però:

Il senso alla mia vita lo dà Zarate, quando segna, mia madre quando non è arrabbiata e Alessandra, quando andiamo a portare i cani fuori insieme e mi fà delle battute strane. Ieri per esempio fà: «Indovina che taia di reggi seno porto». E io ho avuto una bella sensazione. Pure se ho fatto finta di non sentire e ho cambiato il discorso parlando di due compagni nostri che però non faccio i nomi.

Nottebella, Tommaso.
Amanda

26 ottobre 2010
08:07
+39335301340

Ti leggo solo ora e devo scappare in tribunale.
Ma dunque? Buongiorno. T.

26 ottobre 2010
08:12
+393339130366

Buongiorno per tutto il giorno a te.
Ma dunque che? A.

26 ottobre 2010
08:14
+39335301340

Il segreto secondo te qual è?

26 ottobre 2010
08:15
+393339130366

?

26 ottobre 2010
08:17
+39335301340

Il segreto! Quello che volevi sapere da me
e che ti avrebbero rivelato quei temi.

26 ottobre 2010
08:21
+393339130366

Non è ovvio?

26 ottobre 2010
08:24
+39335301340

No.

> Da: ama.grimaldi@hotmail.it
> Data: 26-ott-2010 15:47
> A: tommaso_pannella@tin.it
> Oggetto: L'amore è meglio quando c'è

Secondo me invece è ovvio.
E banalissimo, fra l'altro.
Tu non hai avuto il coraggio di dirmelo per non infierire, credo.
Ma è indubbio: come scrive Giuliano, l'amore è meglio quando c'è.
Tu ce l'hai: stai (senza considerare le bollette da pagare, il traffico del lunedì mattina, tua madre, quel pensiero fra il primo e il secondo suono della sveglia che, vedrai, diventerà mattina dopo mattina sempre meno pericoloso, più dolce, fino a farsi amico e necessario) più o meno bene.
Io non ce l'ho: sto (senza considerare le passeggiate con Poirot, la pizza con le acciughe del forno davanti la scuola, il libro che ho appena finito di scrivere e le repliche dei primissimi episodi della "Signora in giallo" all'una di notte) più o meno male.
Amanda

Tommaso!
Dormivi, Amanda?
No, figurati...
Be', è l'una passata.
Figurati, ripeto. Se non sono le tre io non riesco a prendere sonno, dovresti averlo capito dagli orari delle mie mail, ma tu...
Mia madre ha avuto un crollo, sono in macchina, sto andando da lei.
Oddio.
No, no. Niente di grave Amanda, figurati. È che si è messa a sistemare le cose di mio padre e ha trovato una lettera di una tipa, una sua ex collega se ho capito bene, comunque non è Georgette, quella del funerale, è un'altra ancora...
Tuo padre.
Sì, mio padre: ma in questo caso si parla di almeno quindici anni fa...
È che ci ho ripensato, sai? E nonostante tutto ancora non riesco a immaginare che tuo p...
Sembri mia madre.
...

Che c'è?

Niente, è andata via per un attimo la linea. Dicevi?

Di mia madre, ma non ti ho chiamato per parlare di questo.

E allora?

Dovresti immaginarlo.

Ho capito. Finalmente ti sei deciso a dirmi la verità tutta la verità su Helda la tedesca. D'altronde la cartolina non lasciava dubbi. Me la ricordo ancora, c'era scritto *My dear Tommaso, I always think about...*

Dai Amanda, su.

Aiuto, che tono serio. Che cosa succede, Tommaso?

Mi hanno messo in crisi.

Chi?

I tuoi alunni.

I miei alunni?

Sì. I loro temi.

Ma come, Tommaso? Io te li ho fatti leggere perché a me hanno messo una strana allegria che...

Certo. E sai perché?

Perché?

L'hai scritto: perché tu, di fatto, hai la fortuna di non avercelo l'amore, al momento.

La fortuna?

La fortuna, sì. È facile, per te. Ti può dare speranza pensare che, com'era?, sì, che l'amore è meglio quando c'è: dà speranza quando lo aspetti, l'amore. Ma io ce l'ho.

Tiziana, l'ex tuffatrice, la psicanalista diversa da tutte, diversa da tutto.

Tiziana, la donna della mia vita.

Già.

Già. Allora perché quel buco di cui parli tu, dopo la tua mail, si è aperto dentro anche a me?

Ma come, Tommaso? Porca puttana. Dovevi aiutare me a trovare un senso e che succede? Che lo perdi pure tu? No, avvocato, non può farmi questo.

Perché la cosa ti pare così divertente, Amanda? Che c'è da ridere?

La verità?

La verità.

Credo si tratti di un semplice delirio notturno. Il buio toglie i contorni alle cose e la mente, che è cretina, gli dà retta, si fa prendere in giro: tu sei in macchina, stai andando da tua madre, sei stanco, hai lavorato tutto il giorno e d'improvviso credi di realizzare che forse anche la tua vita non è proprio proprio perfetta. Ma Tommaso, nessuna vita lo è! Tu almeno ne hai una.

E tu invece, povera, disgraziata Amanda, no. Non ti passerà mai, vero?

Cosa?

Il vizio di credere che sotto sotto i tuoi problemi siano più reali e meritino molta più attenzione di quelli degli altri.

Non è questo.

È questo, Picco, è questo.
Come mi hai chiamata?
Oddio, Amanda, scusa.
Picco. Come a dire Piccola. Era il mio soprannome...
M'è sfuggito, scusa.
...
...
Ti ricordi come ti chiamavo io?
Fumi.
Come a dire Fumetto. Perché non mi sembravi proprio per niente davvero di questo pianeta, tu.
...
Scusa, Tommaso, se ho sottovalutato quello che mi volevi dire. È che da quando mi hai raccontato la tua vita in questi ultimi dodici anni barra dieci e mezzo per me siete diventati l'unità di misura della felicità, che ci posso fare? Tu, Tiziana, la Wonder Woman che ha salvato Giovanna, la sua aria divertita a prescindere, il vostro bambino complicato, la vostra bambina serena, le vostre spiagge non affollate...
Che vuol dire unità di misura della felicità?
Che adesso penso a come poter sistemare la mia vita perché un giorno mi dia quello che la tua ha dato a te.
Un marito e due figli?
Per esempio.
Ma lo vedi che ti contraddici? Prima mi scrivi che a mancarti sai bene che non è quel Manuel, o come si chiamava. E già ci ricaschi! L'hai capito o no, che cosa hanno scritto, i tuoi alunni?

Che l'amore è meglio quando c'è, hanno scritto.
E scusami, Amanda: hanno scritto forse che Tiziana è meglio quando c'è?
Non sei più innamorato di tua moglie, Tommaso?
Come sei vestita, Amanda?
Che c'entra?
Dimmi come sei vestita.
...
Ti prego.
Pantaloni della tuta che uso sempre, per stare in casa.
Di che colore?
Blu.
Poi?
Una maglietta a maniche corte a righe bianche e verdi.
Porti il reggiseno?
Tommaso!
Ho bisogno di saperlo.
No.
Poi?
Poi ho dei calzini di lana grossa ai piedi.
Colore?
Viola. Contento?
Sì, contento. Buonanotte, Amanda.
... Buonanotte, Tommaso.

> Da: ama.grimaldi@hotmail.it
> Data: 27-ott-2010 02:28
> A: tommaso_pannella@tin.it
> Oggetto: ?

Ho provato a richiamarti ma avevi il cellulare staccato. Se e quando vuoi e puoi chiama, non ho capito niente, a cominciare dalla voce che avevi.
Amanda

27 ottobre 2010
08:36
+393339130366

Sto per cominciare lezione,
stacco il telefono fino all'ora di pranzo.
Mi chiami, dopo?

27 ottobre 2010
14:42
+393339130366

Tommaso! Non mi chiami tu
e nemmeno rispondi se ti chiamo io?
Non ci si comporta così con una Regina!

28 ottobre 2010
00:48
+393339130366

Non ti disturbo più, capisco
che il tempo a disposizione per quella
vecchia ciabatta della tua ex fidanzata sia esaurito.
Buon tutto. Ti voglio bene. Amanda

> Da: tommaso_pannella@tin.it
> Data: 31-dic-2010 20:18
> A: ama.grimaldi@hotmail.it
> Oggetto: Da questo 2010 ho imparato che...

... È meglio non difendere un imputato che non crede, nella parte più profonda di sé, di meritare l'assoluzione: perderà.

Ho imparato che i bambini possono imparare prima di te (che non l'hai ancora imparato) a usare l'iPad.

Che l'isola più bella di tutta la Grecia è Astipalea.

Che il vino bianco non è poi così male.

Che se prenoti un biglietto del treno, ma poi all'ultimo momento scegli di partire due ore prima, a bordo del treno devi comprare un altro biglietto con l'aggiunta di una penale.

Che i padri muoiono, ma non per davvero.

Ho imparato che, mentre noi credevamo che fossero i nostri padri e basta, sbagliavamo: perché nel frattempo erano persone, meravigliose e terribili, come tutte le altre. Meschine, inguaiate, alla ricerca. Infedeli.

Ho imparato che anche le madri non sono madri e basta: ma possono nello stesso tempo essere state, per esempio, mogli tradite.

E ho scoperto che una moglie tradita perdona con una fatica ancora maggiore, se il marito a cui urlare "Fai schifo!" non c'è più.

Ma ancora meno perdona se quel marito che le fa schifo le manca da impazzire.

Ho scoperto che alla mia, di moglie, non è mai particolarmente piaciuto fare l'amore con me.

E ho scoperto quanto sarebbe stato meglio che rimanessi zitto invece di dirle: «Finalmente ne parliamo, Tiziana. Anche io non sono mai riuscito a sentirmi del tutto naturale: come mai, secondo te?».

Ho imparato che non solo i padri, non solo le madri, ma anche le mogli non finiscono lì, nel ruolo che hanno o che gli abbiamo dato nella nostra vita.

Proprio no: e quest'anno (giusto in tempo prima che finisse: ieri) ho anche scoperto che Tiziana, moglie e madre infinita, intelligente, originale e generosa, divertita a prescindere, non è mai stata abbonata ai concerti di Santa Cecilia.

Ma effettivamente sta imparando a godersi qualcosa di bello senza coinvolgere anche i bambini e me, se ha da sei mesi una relazione con il padre di un suo paziente adolescente.

Ho imparato che ci sono tradimenti che non fanno poi così male.

Che tutto (tutto il bene, tutto il male) dipende da

noi, da quello che abbiamo dentro quando ci arriva addosso.

Perché da questo 2010 ho imparato, soprattutto, che l'amore è meglio quando c'è.

E che se hai amato una sola persona nella tua vita, se solo una volta hai avuto quella certezza, ti conviene non entrare mai più in contatto con quella persona.

O quantomeno, se ci entri in contatto, ti conviene, prima che sia troppo tardi, sparire di nuovo.

Ma se adesso ti sto scrivendo, mi sa che no: questo non l'ho davvero imparato.

Buon anno, Amanda.

Una carezza a Poirot,

Tommaso

1° gennaio 2011
09:34
+393339130366

Buon anno a te, Tommaso.
Sarò tutto il giorno a casa.
Via delle Coppelle 13. Amanda

1° gennaio 2011
23:48
+39335301340

Picco, è stato bellissimo. Fumi

> Da: ama.grimaldi@hotmail.it
> Data: 2-gen-2011 02:06
> A: tommaso_pannella@tin.it
> Oggetto: L'amore è meglio quando c'era

Vero, Fumetto.
È stato bellissimo. Mai avevo fatto l'amore così con un uomo. Mai: nemmeno con te.
Perché ricordi, vero? Non puoi avere dimenticato. Dodici anni fa. Anzi, tredici. Forse perfino quattordici. Quando i gesti, fra noi, cominciavano a inciamparci addosso. Quando sembrava, d'improvviso, ci fosse sempre qualcosa di più urgente da fare, perché tanto avevamo già fatto l'amore ieri e allora, siccome ormai eravamo sicuri che avremmo passato insieme tutta la vita, potevamo anche aspettare fino a domani. Nel frattempo ieri diventava l'altroieri, diventava una settimana fa: e domani diventava dopodomani, diventava fra un mese. Io sempre più di corsa, sempre più velocissimamente, sempre più da nessuna parte. Tu sempre più vago, sempre più distratto.

«Ma non è per questo che mi chiami Fumetto? Perché non ti sono mai sembrato proprio per niente davvero di questo pianeta? E adesso è esattamente questo: il non esserlo proprio per niente, che mi fai pesare» tu.

«Non ho mai conosciuto nessuno come te, dicevi, che non riesca minimamente ad accettare che nella vita succeda poco o niente. Tu ti metti a rincorrerla, la vita, pur di farla muovere. È un'avventura starti vicino, dicevi. E adesso? Sei una pietosa isterica, dici» io.

Cose così. Finché la paura di perderci ingoiava tutto il resto.

«Vieni qui, abbracciami» tu.

«Amore mio» io.

E ogni discorso finiva lì, e ogni volta finivano un po' anche quel Fumi e quella Picco che al telefono potevano fare mattina dopo un episodio di "Twin Peaks", senza che comunque nessuno dei due convincesse l'altro di avere finalmente capito perché Laura Palmer si fosse meritata il suo destino.

Dov'è che andavano a finire quel Fumi e quella Picco?

Dove andava a finire la nostra voglia di stare insieme, Tommaso?

La paura di perderci s'era ingoiata pure quella.

È per questo, Fumetto, che ti ho lasciato.

È di questo che io m'ero accorta, e tu no.

È questo che tuo padre, capendo di non potere capire, secondo me aveva capito.

Che avremmo rischiato davvero di perderci solo rimanendo insieme.

Mi sei mancato come può mancare una gamba, un occhio, il naso. Passava il tempo, ma tu non mi passavi. Ecco perché dopo un anno e mezzo ti ho chiesto di assistere alla tua prima causa. Tu me lo hai impedito. Ho creduto che lo facessi perché a quel punto, mentre io cominciavo a vacillare, tu invece l'avevi realizzato, te n'eri accorto.

Ti eri accorto che sì, certo: l'amore è meglio quando c'è.

Ma che poi, quando c'è, quando è vero, quando si ostina a voler durare, tira fuori il peggio di noi.

È dal momento in cui ho ricevuto la tua prima risposta alla mia mail che ho ripreso a pensarci. Non più con il dolore di dodici anni barra dieci e mezzo fa, però. Con una specie di dolcezza profonda, direi.

Pensaci anche tu.

Quattordici anni fa, davvero credi che avresti potuto parlarmi con la libertà di oggi? Davvero credi che ne saresti uscito vivo, a scrivermi cose del tipo "ieri mi sei venuta in mente"? Che vuol dire ieri? "Sempre, devo essere conficcata dentro a tutti i tuoi pensieri" ti avrei gridato. Per non parlare di espressioni del tipo "spero che tutto ti vada alla grande": ti ricordi, quando stavamo insieme e, per telefono, ti sfuggiva di salutarmi con un "a presto"? Ti ricordi, le urla? Ma che cosa significa "a presto"? Si dice a una nonna, a presto, al dentista dopo una visita di controllo, non alla persona che ti scopi! E tu, Fumetto, a quel punto urlavi più forte di me. "Sei matta, vatti a rinchiudere" urlavi.

Mentre oggi, se esagero, al massimo per te divento un'"incantevole egocentrica".

Addirittura sei pronto a renderti conto che il mio carattere "in certi momenti è una responsabilità di cui vorrei liberarmi".

Sono (e mentre lo scrivi sorridi, lo vedo che sorridi) "il più maschio delle femmine" che hai mai conosciuto. Ma l'ultimo giorno della nostra terza estate insieme, quando tu in treno da Cork all'aeroporto di Dublino ti sei reso conto di avere perso i biglietti e io mi sono incazzata? Per te la mia reazione era evidentemente quella di "un maledetto Führer mascherato da ragazza, che deve fare scontare al mondo intero che suo padre avrebbe voluto un maschio e invece no, è arrivata lei, e per non deluderlo allora in che cosa si è trasformata? Nel maschietto di papà, al suo servizio. E ai danni dei poveracci che incontra".

Poi, ancora, a proposito di genitori: tua madre? Hai presente quando, l'ultima volta che mi hai telefonato, di notte, mentre andavi da lei in campagna, la mia voce è sparita e io ti ho detto che forse era andata via la linea per un attimo? Ecco: non era vero. La linea c'era. È che mi avevi appena buttato lì: «Sembri mia madre». Amanda, da ex fidanzata di Tommaso, si è limitata a restare senza parole.

Picco, da fidanzata di Fumi, sarebbe esplosa: "Tua madre? Io sembro tua madre? Ma sei scemo? Quella donna è il male assoluto, manipola te e tua sorella da quando siete nati, come se in qualche modo l'aveste obbligata a mettervi al mondo". Avrebbe esagerato: "Perché credi che Giovanna abbia preso a farsi? Non puoi confondere me, che sono la tua occasione di libertà, con quella stronza di tua madre che ti vuole sempre e da sempre esclusivamente schiavo della sua infelicità, dei suoi capricci, di tutto". Picco sarebbe arrivata a supporre che non sia stata la preoccupazione per Giovanna, ma sia stata tua madre, siano stati tutti gli anni passati con lei a fare ammalare tuo padre. Sia stato lo sconforto di non riuscire a lasciarla per Georgette, perché lasciando lei avrebbe lasciato voi, a ucciderlo.

Ti avrebbe fatto balenare la possibilità che tua madre, ora, s'inventi il malessere per la morte di tuo padre solo per averti con sé, quella penosa isterica di Picco. Mentre Amanda, da ex fidanzata, guarda un po': prova una misteriosa tenerezza perfino nei suoi riguardi.

Per non parlare di cose del tipo "quando facevo l'amore con Maddalena": ovvio che questo, a una persona con cui stai insieme (tanto più con quel malcelato sottinteso di come lo facevate bene l'amore, tu e Maddalena) non lo avresti potuto scrivere mai.

Mi capisci, Tommaso?

Si può diventare orrendi, a stare insieme. Nessuno rischia di farci esprimere la nostra bassezza e la nostra volgarità come chi può considerare il vederci nudi un'abitudine.

Mi capisci?

Io, e lo sai bene, valgo qualcosa solo se m'entusiasmo. Ma nello stesso tempo, mentre m'entusiasmo, proprio perché m'entusiasmo, e perché l'entusiasmo porta con sé date di scadenza precise e micidiali, rischio l'avvelenamento. E per non rovinarmi, rovino.

Tu sei come me. Però non ti sei arreso alla tua natura. Ti sei sposato, hai fatto dei figli. Sei così pazzo che li avresti voluti con me. Che addirittura, mi hai detto oggi pomeriggio, li vorresti adesso.

A costo, ripeto, di perderci davvero.

Sei tu, stavolta, Fumetto, che corri il pericolo di confondere il freno con la frizione. Persone come noi, persone incapaci di stare davvero bene mentre stanno bene, rendono perfetto solo quello che hanno già vissuto o che potranno vivere.

Quando mai siamo stati comprensivi e sinceramente cari l'uno con l'altra come in questi mesi o come oggi pomeriggio? Quando mai?

Sei perfino riuscito a convincermi, per la prima volta, che non c'è mai stato niente con quella tedesca.

Non c'è verso: la nostalgia e la speranza, Fumi, sono le nostre uniche garanzie di felicità.

E finalmente, grazie a te, capisco che cos'è, quel maledetto buco.

È un guasto lieve del cuore, con cui forse addirittura si nasce. Come una specie di soffio. I miei alunni sono troppo giovani per tenerne conto. Qualcuno di loro magari già ce l'ha, lo incuba, ma ancora non se n'è accorto. Altri avranno la fortuna di non averlo. Però magari avranno il diabete, o la pelle che si arrossa facilmente.

Ognuno, a modo suo, sarà, fra le tante cose, anche un problema per se stesso.

E chissà: magari scoprirà che a dare un senso alla vita è proprio quello che apparentemente il senso lo toglie.

Il nostro modo di essere un problema per noi stessi, e dunque forse di avere un senso, è questo.

Ho amato Tommaso come non potrò più amare nessuno: mi manca Tommaso, e il buco scompare.

Un giorno amerò qualcuno più di quanto ho amato Tommaso: lo spero, e il buco scompare.

A te magari sembro più forte io, che in un modo o nell'altro cerco di conviverci, con il nostro guasto.

A me sembri più forte tu, che fai di tutto per ripararlo.

E allora fidiamoci l'uno dell'altra, per l'ultima volta.

Io ti prometto che sì, lo farò: farò esattamente come mi hai consigliato di fare oggi pomeriggio. Spedirò il mio romanzo a tre case editrici. Se in un anno nessuna mi avrà risposto, lo spedirò ad altre tre. E nel frattempo magari comincerò a scriverne un altro.

Tu però, mi raccomando: promettimi di non prendertela se la protagonista si chiamerà Georgette e sarà un'esperta in découpage.

Ma soprattutto promettimi di non lasciare andare via Tiziana, Fumetto. Da quello che mi hai raccontato oggi, è evidente che ti ha tradito solo per capire di essere in grado di farlo, per non sentirsi solo utile e provare per una volta a sentirsi desiderabile: ma è da te che vuole essere desiderata.

Fidati.

Come io mi fido.

Ho già, in questo preciso, esatto momento, voglia di passare non solo un pomeriggio, ma una giornata intera, un mese, un anno a letto con te: dammi retta però. Entro la fine di quella giornata intera, di quel mese, di quell'anno, ricomincerei a prendermela con tua madre e tu ricominceresti a darmi della pietosa isterica.

Perché l'amore, Fumi, sarà senz'altro meglio quando c'è.

Ma per persone come noi diventa perfetto solo quando c'era.

Picco

Quando c'è l'amore si sta ovviamente meglio perché sei felice, ti senti compreso e amato, scrive Izia. E ancora: *Perché senti di poter essere veramente te stesso solo con lui. Stai bene perché vivi in un mondo tutto tuo o meglio vostro, fatto di sogni e desideri. Ti senti bene come non sei mai stato. Sei completo*, conclude.

Succhia di nuovo il cappuccio della biro e di nuovo guarda la professoressa. Chissà se un giorno sarò capace di vivere come sono sicura che è capace lei, si domanda. Poi si volta. Al banco dietro il suo, Giuliano è piegato sul foglio e nasconde con il braccio quello che sta scrivendo. Ha proprio delle mani lunghe e bellissime, da principe, l'avevo notato subito, pensa Izia: eppure, negli ultimi giorni che stavamo insieme, mi concentravo solo sui brufoli orribili che gli sono spuntati. Anzi, che gli erano spuntati. Perché chissà, forse ha cominciato a usare uno di quei saponi magici che vendono in farmacia. Sennò non si spiega come mai sembrano andati via quasi tutti.

Grazie a Pagnotta, Giuliano, Zevi e a tutti i ragazzi della comitiva del parco di Poggio Ameno, a Roma. I componimenti sul senso della vita e su quello dell'amore sono opera loro. Tommaso e Amanda si sono messi a disposizione per fargli da cornice.

Arnoldo Mondadori Editore S.p.A.

Questo volume è stato stampato
presso Mondadori Printing S.p.A.
Stabilimento Nuova Stampa Mondadori - Cles (TN)

Stampato in Italia - Printed in Italy